어리신 어머니

나태주 시집

서정시학 시인선 168

서정시학

50년, 50년이 물처럼 흘렀습니다
꿈결 같았어요

시인이 되고 싶었는데 시인이란 이름 좋았어요
가슴이 벅찼어요

우리 아버지 어머니 아들인 것이 좋았고
한국 사람인 것이 좋았어요

그뿐이 아니지요, 한글을 배우고
한글로 글 쓰는 사람이 좋았어요

이제 정말 천천히 갈래요, 쉬어가면서 갈래요
그래도 걸음은 빠를 거예요,

—「시인 회고」 전문

어리신 어머니

그 사랑이

당신이 오늘 당신 자신을 위해 가장 잘한 일은 세상에서 여전히 살아있는 목숨인 일이고 누군가를 만난 일이고 무슨 일인가를 열심히 한 것입니다.

당신이 오늘 세상에게 가장 잘한 일은 무엇인가를 슬퍼하기도 하고 누군가를 위해 좋은 마음을 갖기도 하고 조그만 일에 정성을 다한 일입니다. 숨어서 기도를 한 일입니다.

그렇습니다. 당신이 오늘 세상에서 가장 잘한 일은 사랑하지 못할 사람을 짐짓 사랑한 일이고 나아가 그리워하기까지 한 일입니다. 그것은 작은 일이 아니고 거룩하기까지 한 일입니다.

그 사랑이 분명 당신을 위해 길이 되고 등불이 되고 내일을 여는 꿈이 될 것입니다. 기어코 그 사랑이 세상의 길이 되고 등불이 되고 꿈이 될 것을 믿어야 합니다. 그러기를 나는 더 좀 오래 기다려볼 생각입니다.

마침 올해는 내가 시단에 나간 지 50년이 되는 해입니다. 이 시집은 그런 의미에서 나의 시단 등단 50주년을 기념하는 책이 되겠습니다. 새롭게 책을 내주시는 출판사 서정시학과 최동호 교수께 감사의 일념을 갖습니다.

2020년 봄이 오는 길목에서

나태주 씁니다.

차 례

제2부

제3부

제1부

편집자에게

마음을 고스란히
들켜버리고 말았군요
마음속 쓰레기통까지
보셨겠어요
사랑해주셔서 감사합니다
어쩔 수 없이 우리는 형제이고
자매입니다.

2019. 2. 17

문학평론가에게

치지 마라
치지 않아도 시인들은
아프다.

2019. 9. 7

만남

고마웠습니다
처음인데도
오래인 듯

우리의 만남은
모두가 최초이면서
최후의 것이랍니다.

2019. 5. 22

숲

안 돼 안 돼
우리가 너무 오랜만에
만났단 말이야

조금만 더 너를
안고 있게 해다오

2019. 5. 30

봄소식

올해도
울릉도
고로쇠 물
도착!

봄이 먼저
쿨렁,
내 몸 안으로
들어왔어요.

2019. 2. 23

유년

생글
생글

올 때
예쁘고

갈 때는
더 예쁘다.

2019. 3. 5

포옹·1

무너지는 내 몸을
받아다오

부서지는 내 영혼을
좀 붙잡아다오

2019. 2. 28

사그리다 파밀리아

참 아름다운 두 그루의 나무가
한 채의 신전을 받들고 있네
차마 눈이 부셔 눈을 감네
그래도 보이는 성스러운 나무 수풀
햇빛 무지개 등에 지고 있네.

2019. 2. 28

너도 제비꽃

숨겨서 기르는 딸아이처럼
몰래 만나는 애인처럼
섧은 눈 섧은 이마
섧은 눈꼬리
봄은 너한테도 또다시
서럽게 왔다가 갔느냐?

2012. 6. 7

슬이

사람이 꽃같네
옛말

오늘 나는
고쳐 말하네

꽃이
사람이 되었네.

2019. 6. 3

선물

어디서나 산다
언제나 산다
예쁜 것만 보면 산다
사실은 너를 산다
나를 산다
나에게는 이제
네가 선물이다
네가 사는 세상조차
선물이다.

2019. 9. 4

차향

차를 우릴 때마다
한발 앞서 다가오는
후끈한 향내

이탈리아 신혼여행
다녀오면서 가지고 온
꽃차

너의 마음이라고 생각해.

2019. 9. 2

때로 사랑

풍경이 좋아
그곳에 사는 사람조차 좋았다

사람이 좋아
그 사람 사는 풍경까지 그리웠다

그런 마음을 때로 우리는
사랑이라 이름 짓기도 한다.

2018. 11. 3

구세군

지하철 입구
빨간 옷 입은 사람들이
많이 늙었다
요령 소리는 작아지고
바구니는 비었다.

2018. 12. 7

떨림·1

좋기는 한데
너무 깊게는
들어오지 말아라.

2018. 12. 5

주례사

결혼은 실수다

두 번 실수하지 마라.

2018. 12. 13

5월

내가 네 배꼽은
비록 보지 못했지만
오늘 감나무 아래
쭈그려 앉아
감꽃 하나 주으면서
네 배꼽을 들여다본단다.

2019. 5. 25

말레콘비치

그들은살았고
누구는보았고
더많은우리는
들었을뿐이다
그러나다같이
눈물난다는것
넋을놓고잠시
미쳤었다는것
그것은한가지.

2018. 12. 13

파리

에펠탑 앞에 너를
두고 왔다면서?
아니에요
에펠탑을 가슴에
안아 가지고 왔어요

2019. 8. 30

새벽

기침이 아픈 몸을 깨운다
아픔이 병든 몸을 흔든다

지금이 기회야
놓쳐서는 안 돼

가을바람 앞에 매미 껍질
텅 빈 몸과 마음을 일으킨다.

2018. 12. 15

봄의 일

꽃을 심는다
네 생각을 심는다

언젠가 네가 이 꽃나무
옆으로 돌아오기를

네가 꽃으로 피어나기를
꿈꾸면서 소망하면서.

2019. 5. 21

초롱꽃

좀 가만히 있어다오
네 머리를 쓰다듬어주고 싶다
네 이마에 입을 맞춰주고 싶다

대낮에 초롱불
꿈나라에서 들고나온 아이야
네 발을 만져주고 싶다.

2019. 5. 26

오자

시집으로 내고
한참
전집으로도 내고
한참
다시 읽어보니
다시금 보이는 오자
어쩌면 좋으냐?
나의 인생 또한
그러할 텐데.

2018. 12. 16

딸

아직도 나는 세상에서
너보다 더 예쁜 꽃을
본 일이 없단다.

2019. 5. 27

가는 여름

누구에게는
이미
떠나간 여름이고

누구에게는
아직
떠나가지 않은 여름

그 또한 섭섭함이네.

2019. 8. 25

전시회

시는 마음을 훔치는 것이고
사진은 모습을 훔치는 것입니다
앞으로도 더 많은 것들을 훔쳐서
행복하시기 바랍니다.

2019. 5. 20

입술

내 마음의
허공에 뜬
UFO
그것은 또 하나
너의 영혼.

2019. 2. 6

우정

그 바람 속에
그들은 서 있었다
가슴을 드러내놓은 채

언덕이 몸부림칠 때
그들도 몸부림치면서
스스로 언덕이 되었다.

2019. 2. 6

포옹·2

눈을 감겠어요
그래도 당신 모습 보여요

귀를 막겠어요
그래도 당신 음성 들려요

아무런 생각도 하지 않겠어요
그래도 당신 생각 가득해요.

2018. 2. 8

소망

한 사람이 없다
아무리 둘러봐도
그 한 사람이 내게 없다

아니다, 있다
내게는 네가 그 한 사람
제발 그랬으면 좋겠다.

2019. 2. 9

행복

늘
조막손

받아주시는
따스한 손.

2019. 1. 10

오키나와 여름

입을 대기도 전에 녹는
아이스크림 같은 인생

너무도 덧없어서
마음이 아팠다

너는 또 내 앞에서
더 빨리 녹고 있었다.

2018. 11. 20

등구나무

가다가 가다가
돌아보면 그 자리

가다가 가다가
다시 돌아보면
또 그 자리

어머니, 어머니,
또 어머니.

2018. 11. 22

유월

어머니

보고 싶어요

하얀 웃음

찔레꽃.

2018. 11. 21

문

문득 들어서고
싶다

한 발자욱
다시 한 발자욱

네 향기에
그만 이끌려.

2018. 11. 20

그리움

가다가 멈추면
가까워지고

돌아서면 더욱
가까워지는 길

그 길 끝에
너의 마음이 산다.

2018. 11. 22

찻집

창밖에는
통곡처럼
내리는 눈

창 안엔
차 한잔 마시고
떠날 여자

눈이 우는 것이냐
내가 우는 것이냐.

2018. 10. 20

하루

오늘의 유통기간은
오직 하루뿐

네 앞에서

나의 유통기간도
오늘 하루뿐.

2018. 11. 21

시집 값

시집 한 권 값은 만 원
어떤 시집은 너무 무겁고
어떤 시집은 너무 가볍다

내 시집은 과연
무거운 시집이었을까?
가벼운 시집이었을까?

2018. 10. 10

꿈속에서

많은 사람 가운데
너만 없었다

찾아도 찾아도
끝내 보이지 않았다

꿈이지만 애달팠다
주저앉고 싶었다.

2019. 1. 31

제 설움

딸 많은 상가집

남편 잃은 딸이 제일 크게 울고
가난한 딸이 그다음 울고
병든 딸은 울지도 못한 채
엎드려 있기만 했었다.

2019. 2. 14

삼우제

울면서 먹는 밥

울면서 자는 잠

울면서 하는 말

울면서 부르는 찬송.

                                                    2019. 2. 14

임종

너무 많이 울지 말아라
조용히 해다오
떠나는 길 방해된다.

2019. 8. 7

봄

안쓰러워라

안쓰러워라

풀밭 속으로

쓰러질 듯이

꽃잎 속으로

스며들 듯이

책 한 권 들고

가슴에 안고

너는 그처럼 왔다가

그처럼 갔다.

2019. 5. 13

인생

여행이란 새로운 곳을
찾아가는 것이라는
아들아이의 말을 듣고
나는 조그만 소리로
중얼거렸다
오래전에 간 곳을
다시 찾는 건
더욱 좋은 여행이라고.

2019. 5. 16

후일담

― 다쿠보쿠 동상 앞에서

다쿠보쿠 씨여

나는 늙어서 좋네요

화가 나도

아흔아홉 개의 접시를

깨지 않아도 좋고

밤새워 술 마시며

울지 않아도 좋으니까요.

2019. 5. 12

*2019년 5월 12일, 일본 삿포로시에서 만난 일본 시인 이시카와 다쿠
보쿠의 동상 옆 가비歌碑에는 이런 시가 새겨져 있었다. '휑하게
넓은 거리에 가을도 깊은 밤 옥수수 굽는 냄새여'. 처음 읽는 시
였다.

그것도 이별

일본 북해도 행
두 시간 남짓 비행거리
앉은 자리 오락가락
돌보아준 스튜어디스
민정이란 이름이 곱기도 했는데
비행기 착륙 멘트 나오자
그 또한 섭한 마음.

2019. 5. 10

분홍빛

만나고 가는 꽃보다도
만나지 못하고 가는 꽃이
더 예뻐
돌아보며 돌아보며
눈을 감을 수 없네

오래전에 만나고
헤어졌던 너도 분명히
그러했으리.

2019. 5. 11

만년설

눈앞에서 웃고 있는
네 눈에 눈이 멀어서
멀리 산 위에 있는 눈
보지 못하네.

2019. 5. 11

면세점 앞

모처럼 외국 여행길

인천공항 면세점 앞

오래전 교직 동료에게 말했다

우리 넥타이나 하나씩 삽니다

웬걸요 학교를 그만둔 뒤로는

넥타이 맬 날도 없어요

그 말에 잠시 말문이 막히다.

2019. 5. 21

좋은 일

오늘도 나는 살아있다
오늘도 나는 어딘가를 간다
오늘도 나는 누군가를 만난다
오늘도 나는 무슨 일인가를 한다

오늘 하루 이보다 좋은 일은 없다.

2019. 6. 21

용문사

나무 어른 오래 사신
나무 어른 한 분 뵙고
두 손 모아 경배드리고

하산하는 길에 뗑!
저녁 예불 종소리
등을 밀어주고 있었다.

2019. 7. 6

뭉근히

검은 눈썹에 쌓이는
눈발이여

막걸리에 취해서
꿈틀대는 눈두덩이여

그 또한 누군가의
청춘이었으리.

2019. 7. 7

여가

돈 봉투는 꺼내볼수록
얇아지지만
시간의 봉투는 꺼내볼수록
더욱 두터워진다.

2019. 1. 31

마루

앉기만 해도
터억 마음이 열린다
앞산 이마가 들어오고
앞들의 가슴이 안겨온다
어찌하랴
여기 좀 앉아라
너도 좀 가까이 보자
나도 좀 가까이 보아다오

2019. 7. 13

별

누군가의 인생도
흐려지게 마련이다
그러다가 완전히
지워졌을 때
반짝!
별이 되기도 한다

한 번은 그럴 수도 있다.

2019. 7. 14

예술가

세상 어떤 것에도
열광하지 않는다
오직 자신에게만
자신이 사랑하는 것에만
열광한다
그것도 치열하게
일생 동안.

2019. 7. 14

능소화

꽃들도 운다
소리 죽여 울음을 내려놓는다

흐득흐득
때로는 붉은 울음을
던지기도 한다

쉬거라
이젠 너도 쉬거라.

2019. 7. 16

터미널

정이 남아 손을 흔든다
말이 남아 손을 흔든다

잘 가라 잘 있으라

손으로 말을 보낸다
손으로 정을 나눈다.

2019. 7. 14

이별

있네
있네
아직도 있네
웃는 얼굴

없네
없네
금방 없네
우는 얼굴.

2019. 7. 20

휴일

집에서 모처럼
쉬는 날

여보 어디 있어요?
나? 나, 여기 있어요

아내와 부르며 대답하며
그냥 그대로 잘 산다.

2018. 12. 08

제2부

찬가

몸은 날마다 낡아가지만
마음은 날마다 새로워진다네
그것은 오직 나에게
네가 있기 때문에

비록 멀리 있지만
여전히 네가 나에게
푸른 숨결을 보내오고
예쁜 미소를 하늘로 바람으로

때로는 새소리로
꽃 빛깔로 바꾸어
끊임없이 너를
보내주기 때문이라네.

2019. 6. 2

집을 비우며

멀리 모처럼
귀한 분 오셨는데

자리를 지키지 못해
마음 많이 불편합니다

미리 약속한 일 있어
집을 비우면서

꽃을 많이 피워놓았으니
꽃이나 대신 만나고 가소서.

2019. 5. 2

떨림·2

거기만큼 있을 때가
더 좋아요

거기만큼 있을 때가
더 향기로워요

더 가까이는
오지 마세요

그대 등 뒤로 설핏하게
비치는 첫눈의 속살

거기만큼 있을 때가 그대
가장 예뻐요,

2018. 12. 16

아침 식탁

돈 벌어다
밥 먹게 해줘서 고마워요

아침밥 지어
밥 먹여줘서 고마워요

옛날 옛날식 인사
부디 오늘 당신의 인사도

그렇게 아날로그로
해보기를 권한다.

2019. 5. 26

그 가을

어떠냐 곱지 않으냐
마곡사 뒷마당
감꽃 떨어지는 소리

아니다
풀숲 울타리 가에
풋감 떨어져 숨는 소리

아니다 아냐
뒷산 가랑잎 나무에
싸락눈 내려앉는 소리

자박자박 차라리
내 마음 오솔길로
너 찾아 왔다가

나 만나주지 않고
그냥 돌아가는 소리
신발 끄는 소리.

2019. 8. 21

보리밥을 비비며

여행지와 병원에서
만난 사람들
지향 없는 약속과
지킬 수 없는 사랑

이름도 기억나지 않고
얼굴도 떠오르지 않지만
가끔은 생각나는 사람들

인생에서는 그런 사람
그런 사랑도 있었답니다.

2019. 4. 15

아침 밥상

비 올 때
비 안 맞게 해줄 거지요?

응……

이런 거 하나 지켜주는 일도
그다지 쉬운 일은 아니었다

어제, 오늘,
그리고 내일.

2019. 3. 10

아침의 명상

나는 참 어리석은 인간이다
시간이 소중하다는 것을 알기까지
너무나도 많은 시간을 낭비해버린 것이다
어떤 때는 배당받은 시간을 버리고도 싶었다
자발적인 반납이다
마치 돈을 탕진하고 난 다음에야
돈의 소중함을 깨닫는 가난뱅이와 같고
건강을 잃어버린 뒤에야
건강의 필요성을 알게 된 병원의 환자와 같이
어찌할 건가?
이제라도 돈을 아끼고 건강을 아껴서 써야만 하겠지
남은 시간을 어디에 어떻게 써먹을까를 생각해야만 하겠지
나는 참 어리석기도 한 인간이다
쓸모없는 인간이고 대책 없는 인간이다
어리석다는 것이라도 알았으니 다행이고
시간이 조금 남았다는 것을 알기라도 했으니 다행이다
이것 하나 알기까지 나는 70년 하고서도 5년을 버리고
말았다.

2019. 1. 25

시인·1

처음에도 초라했고
그다음에도 초라했고
다시 그다음에도 초라했다

그러나 바람이 이웃이 되고
하늘이 지붕이 되고
나무와 풀과 꽃들이 친구가 되어주어서
끝까지 초라하지는 않았다

그런 가운데 당신
언제든 말 없는 내 편이 되어주고
염려스런 눈길로 지켜보아 주어서
한 생애가 문득 따스했습니다.

2018. 10. 20

돌아오다

그는 어디로 가서
누구를 만나
무엇을 했을까?

무엇을 보고
무엇을 듣고
무엇을 생각했을까?

돌아옴은 떠남이고
헤어짐이고 만남
또 다른 시작

그 길 끝에서 만난 그가
문득 아름답다
지금도 그는 떨고 있는가!

2015. 8. 11

변절

그는 그때 거기서
죽었어야만 했다
죽는 것이 더 오래
사는 길이란 걸 몰랐다

과감하게 하늘로
사라져버리든지
고개 숙여 하산하든지
그것이 또 차선책인 것도 몰랐다

끝내 그는 조금씩
누더기가 되었고
찢어진 깃발이 되었다.

2019. 9. 3

누추한 시

시인이여, 책 속에는
그대 쓰고 싶은 시
그대가 원하는 시가 없다

시인이여, 책 속에는
그대 사랑하는 사람에게 주고 싶은 시
주어야 할 시가 이미 없다

부디 책 속에서 나오라
연잎에 빗방울 떨어지듯
뛰어내려라

그리고는 주변을 살펴라
거기 그대 시가 있을 것이다
일상의 누추함, 그렇고 그런 속에.

2018. 1. 20

손편지

부치지 못한 편지가 더 많아요

밤 깊도록 편지를 쓰면서
마음이 떨려서 손이 떨리고
손이 떨려서 글씨가 떨렸지요

떨리는 글씨 사이로
그대 숨결이 흐르고
그대 웃음 그대 눈빛 스쳤지요

찢어버린 마음이 더 많아요

2019. 1. 24

발을 위한 기도

이 발을 지켜주소서

이 발이 더 좋은 곳에
가게 하시고
이 발이 더 아름다운 곳을
찾게 하소서

비록 이 발이
원치 않는 곳에 머물지라도
이 발의 주인을 지켜주시고
힘 드는 일 살피소서

진정으로 좋은 날 어여쁜 날
좋은 발 어여쁜 발로 다시
이곳에 이르게 하소서.

                                    2019. 7. 16

귀가 예쁜 여자

맞선을 본 처녀는 별로였다
살결이 곱고 얼굴이 둥글고
눈빛이 순했지만
특별히 이쁜 구석이라고는 없었다
두 번째 만나던 날
시골 다방에서 차 한 잔 마시고
갈 곳도 마땅치 않아
가까운 산 소나무 그늘에 앉아
한참을 이야기하다가 산길을 내릴 때
앞서가는 처녀의 뒷모습
조그맣고 새하얀 귀가 예뻤다
아, 귀가 예쁜 여자였구나
저 귀나 바라보며 살아가면 어떨까?

그렇게 살아, 나는 이제
늙은 남자가 되었고
아내 또한 늙은 아낙이 되었다.

2019. 6. 12

93

뜰에서의 생각

꽃나무 알려면
꽃이 피어봐야 알고

과일나무 알려면
과일이 익어봐야 안다

그러나 사람은 반대
그가 죽거나

어려운 일 당했을 때
어떤 사람인지 알게 된다

나는 과연
어떤 사람일 것인가!

2019. 6. 24

반성문

세상에 나와 내가 가장
잘못한 일 죄지은 일은
책을 많이 내고 그러므로
종이를 많이 없앤 일

나는 얼마나 많은 햇빛과 물과
땅의 양분과 공기를 탕진했나?
그것은 초과와 과용의 수준
미안합니다 미안합니다

그 대신 나의 책과 시들이
세상에 나가 누군가의
나무가 되고 숲이 되고
나무와 숲 뒤의 햇빛과 물과
양분과 공기가 되기를…

그리하여 나의 잘못이
조금씩 줄어들기를 빌어봅니다.

2018. 10. 8

한 날의 감사

오늘도 나는 고달픈 하루

택시 타고 버스 타고

때로는 KTX도 타고

한 번도 가보지 않은 고장

한 번도 만나지 못한 사람들

만나고 온다

그래도 이게 얼마나

고마운 일이냐

감사한 일이냐

피곤해도 편안히

잠들 수 있음에 감사

오늘도 하루 아등바등

힘들게 잘 살았음에 감사

하나님! 감사합니다

내일도 오늘처럼 살게 하소서.

2019. 5. 2

시인의 마음

조그만 마음 예쁜 마음은
말할 것도 없다
한없이 수줍은 마음
부드러운 마음을 가져야 한다
그래야만 꽃이 말을 걸어주고
풀들이 귀를 기울여주고
하늘 구름이며 바람이며 새들이
눈길을 줄 것이다
먼 곳에 있는 별들은
더욱 말할 것도 없다
이쪽에서 서럽고도
겸손하고도 따스한 마음을 가질 때
겨우 조그만 음성을 허락할 것이다.

2017. 7. 14

너의 신비

아름답다
네가 아름답다
말하면
내 가슴에도 발그스름
등불 하나 켜진다

사랑한다
너를 사랑한다
속삭이면
내 가슴에도 초록의
씨앗 하나 싹튼다

그래서 나도
발그스름 따스한
등불 같은 사람이
되고 싶어 한다

그래서 나도

어여쁜 초록의

나무 같은 사람이

되고 싶어 한다

보아라

웃고 있는 내 마음의 등불

보아라

기지개 켜고 있는

내 마음의 나무.

2019. 7. 15

산수유꽃

누군가
가늘게 눈을 뜨고
지켜보고 있다

샛노랑 실눈웃음

올봄도 숨 쉬는 사람으로
그 웃음 마주
보고 있다는 사실!

이것만으로도 세상은
또다시 기적이다.

2014. 4. 12

동행

나뭇잎 배, 제가
나뭇잎 배인지도 모르고
흘러가고

강물, 강물은 또 제가
강물인 줄도 모르면서
나뭇잎 배 데려간다

흘러간다 흘러간다
나뭇잎 배 흘러간다
좋은 날들이 사라진다.

2019. 2. 4

꿈꾸는 사막

가을 오니
먼 곳
사막이 그리운가 보다

모래밭도 보고 싶고
모래밭에 무차별
쏟아지는 황량한 햇빛
무심한 바람과도
만나고 싶은가보다

그러하다
가슴에서 울려오는
바람 소리를
들을 일이다

실눈 뜨고
바라보는
세상에는 없는 세상

모래밭을
꿈꿀 일이다

그곳에서 우리는
다 같이 늙은 낙타이고
어린 낙타 풀이고
새로 눈뜬 햇빛
그리고 낯선
바람이어야 한다.

2019. 8. 30

모성

집에 있을 때나
밖에 있을 때나 자식은
엄마에게

길잃은 짐승이거나
배고픈 짐승이다

너 지금 어디에 있는 거니?
밥이나 먹고 다니는 거니?

아니다
아내에게 있어서는
남편도 마찬가지

당신 지금 어디 있는 거예요?
밥이나 챙겨 먹었나요?

2019. 2. 26

도시락

이모님이 저를 위해 만들어주셨던
수없이 많은 도시락
그 가운데서 하나를
오늘 돌려드립니다

이것은 나, 서울아산병원에
일개 장기 환자 되어 누워있고
아내 역시 장기 간병인으로 힘겹던
여러 날 가운데에서 한 날
소풍용으로 화려한 도시락을 마련해 가지고 온
조카 아이 양금숙의 편지글 가운데 한 구절

아름다워라 고마워라
두고두고 오래 잊지 못하겠네.

2007. 6. 3

어린 날 추억

잔치국수를 먹으면
행복해진다
어려서 잔칫날만 잔치국수
얻어먹었기 때문이다

두부를 먹으면
부자가 된 기분이 든다
어려서 부잣집 사람들만
두부를 만들어 먹었기 때문이다

오늘 나는 잔치국수도 먹고
두부도 먹었다
그러므로 나는 행복한 사람이 되었고
부자가 되기도 했다.

2019. 5. 2

자서전

쉬운 줄 알았는데
너무 어렵네

아무래도
포기해야 할까 보다

들여다볼수록 더욱
까다로워지는 그림

끝났지 싶은데 여전히
진행형인 연극

언제까지니까!
어디까지니까!

2018. 12. 5

삶의 목표

날마다
이 세상 첫날처럼 마지막 날처럼

날마다
욕 안 얻어먹기와 밥 안 얻어먹기

날마다
요구하지 않기와 거절하지 않기

말로는 쉬운데
지키기는 참 어려운 일들이다.

2019. 7. 10

교회식당

나는 깐보이는 사람
아이들한테까지
깐보이는 사람

교회식당에서
국수 먹고 나오는데
앞니 빠진 일곱 살짜리
남자아이가 말을 건다
할아버지, 국수 맛있었어?
그래 나도 국수 맛있었단다

오늘 나는 아이들한테까지
깐보이는 사람으로 살아서
행복하다.

2018. 12. 16

명매기

하늘 가까이
더 가까이

사람과는 멀리
더 멀리

함부로 무리 짓지 말고
함부로 지껄이지 말라

외로움은 마음의
튼튼한 이웃,

바람 가까이
더 가까이

소리와는 멀리
더 멀리.

1984

저녁 강가

하루라도 해질녘
어두울 때는
너나없이 서둘러서
돌아가는 때
바람도 하늘새도
검정 염소도
바삐 바삐 서둘러서
집을 찾을 때
강물아 너 또한
집이 없어서
나와 함께 들판에서
잠을 설치니……
밤새워 소리소리
울며 가려니……
아이들도 놀이터
떠나야 할 때
그림자도 발밑을
지워야 할 때.

1984

새해 인사

오늘은
내 생애의 남은 모든 날
가운데에서 첫날

내일도
내 생애의 남은 모든 날
가운데에서 첫날

그러므로 당신과 나는
오늘도 내일도
첫사람이고 새사람

부디 새해에 날마다의
첫사람으로 새사람으로
사시기 바랍니다.

2019. 1. 10

통증

아픔이 잠을 깨운다
아픔이 살아 있는 목숨이게 한다
아픔이 하루를 열어준다

오늘 아침에도 배가 아파서
잠에서 깨어났다
아픔이 하루의 삶을 선물한 셈이다

아픔은 이웃
아픔은 길동무
아픔은 스승

가는 데까지는 함께 가볼 일이다.

2019. 5. 18

우리집자장가

자장자장우리애기
잘도잔다우리애기
멍멍개야짖지마라
꼬꼬닭아울지말라

자장자장우리애기
잘도잔다우리애기
앞집개도잠을자고
뒷집닭도잠을잔다

자장자장우리애기
잘도잔다우리애기
금을준들너를사랴
은을준들너를사랴

자장자장우리애기
잘도잔다우리애기
나라에는기둥이고

가정에는보배라네

자장자장우리애기
잘도잔다우리애기
너는부디부모대신
좋은세상살아다오.

2018. 7. 25

서귀포

하루해도 저물어
새들도 둥지로 돌아가고
바람도 돌아간 바닷가

끝내 돌아가지 못하는
한 사람을 위하여 하늘은
제 가슴을 열어 따스한
등불을 보여주고 있었다

거기서 너도 편안해라
혼곤한 수평선 멀리
기도로 답한다.

2019. 1. 20

행신역

기차가출발하고
종착하는시골역
하루해도저물어
썰렁한플래트홈

하나둘씩켜지는
피곤한전등불빛
너보고싶어하는
내마음이저럴까

풀숲에이는바람
그또한너의손짓
보이느냐내모습
서성임그것까지.

2019. 8. 26

객지

봄은 남쪽에서 먼저 오고
가을은 북쪽에서 먼저 온다지요
이런 작은 일
오래전부터 알고 있었던 사실
그 하나만으로도 문득 소스라쳐 놀라고
눈물이 번지는 아침
살아보자, 그래
오늘도 잘 살아보자
말은 그렇게 한다지요.

2019. 1. 31

석류

부서진다 부서진다
사랑이 부서지고
기쁨이 부서져서

울울창창 나무숲 되고
어둠으로 빛난다
슬픔의 강물로 솟구친다

기웃대지 말아라
너도 언젠가는 절망이
희망임을 알게 될 것이다.

2019. 1. 31

시인·2

혼자만 애달프고
혼자만 그립고
혼자만 서럽다
그래도 좋았다
그 자리 그 시절
그 사람
그 사람이 있어서
덜 애달프고
덜 그립고
덜 서러워서 좋았다.

2018. 12. 18

꿈속에서 박용래

고향, 전깃줄 아래
자주 나와
서성대던 전봇대
그림자

꿈속에서
잃어버린
카메라와
핸드폰

다시는
돌아갈 수 없는
이승

그래도 오늘
꿈에서 깨어난 것은
다행스런 일이다.

2019. 4. 12

제3부

시인 회고

50년, 50년이 물처럼 흘렀습니다
꿈결 같았어요

시인이 되고 싶었는데 시인이란 이름 좋았어요
가슴이 벅찼어요

우리 아버지 어머니 아들인 것이 좋았고
한국 사람인 것이 좋았어요

그뿐이 아니지요, 한글을 배우고
한글로 글 쓰는 사람이 좋았어요

이제 정말 천천히 갈래요, 쉬어가면서 갈래요
그래도 걸음은 빠를 거예요.

2019. 9. 2

아롱고지

아롱고지 아롱고지
고향 마을 이름
자꾸만 외워봐야겠다
잊지 말아야겠다

아롱고지
그 속에 고향이 들어 있다
아롱고지
그 속에 고향 사람들 말소리가 들어있다
아롱고지
그 속에 고향의 숨소리가 살아 있다

아롱고지 아롱고지
오래 함께 살아야겠다
잊지 말아야겠다.

2019. 7. 18

가자미국

가자미 가자미

어디서 많이 들어본 이름

언젠가 많이 익숙한 이름

애야 할미한테 눈 흘기지 마라

자꾸만 눈 흘기면

가자미 눈 된다

어려서 외할머니 말씀

한쪽으로 몰린 가자미 눈이 되는 것보다

외할머니 떨어져

바다 밑에 엎드려

혼자서 사는 가자미 될까봐 걱정이었지

그래서 평생 눈 흘기기 않고 살려고 애썼지

늙은 나이 병원에 정기검진 와서

병원 식당에서 가자미국 사 먹으며

다시 생각한다.

2019. 7. 24

뺄셈

시는 뺄셈이다, 라고 말한 적이 있다
지나고 보니 인생도 뺄셈이었다
핸드폰에서 지워지는 이름과 전화번호들
옆자리에 앉았다가 떠난 여러 명의 친구와 이웃들

오늘은 어머니를 땅에 묻고 아버지를 병원에
힘겹게 모셔다 드렸다
어금니 하나를 뽑은 셈이고
어금니 하나는 병원에 맡긴 셈이다

늦은 발치拔齒지만 많이 시립고 아프다
멀지 않아 또 하나 어금니가 뽑힐 때는
더 아프고 힘들 것이다
인생의 뺄셈은 언제까지 진행될 것인가?

나마저 지구에서
뺄셈으로 끝날 때
비로소 정답은 나올 것이다.

2019. 2. 13

납작 엎드리다

어머니 친상을 당해
찾아오는 손님들마다 큰절을 드렸다
옛날 예법 그대로 미안하고
죄스런 마음에서 그랬을 것이다

처음엔 머리를 바닥에 조아리긴 했지만
궁둥이를 조금 들고 큰절을 했다
자세도 불편하고 마음도 불편했다
보는 사람들도 그랬을 것이다

왜 사람은 절을 할까?
나는 당신의 적수가 아닙니다
나는 당신에게 이미 졌습니다
나는 온전히 나를 내려놓습니다
그런 뜻으로 절을 하는 것은 아닐까!

그러하다
절을 하는 동물은 인간 밖에는 없다

생각 끝에 궁둥이를 더욱 내리고
납작 엎드려 절을 하기로 했다
마음이 점점 편해지기 시작했다

될수록 납작 엎드려 절을 드려라
그것이 사는 길이고 이기는 방법이란다
어머니 가시는 마당에 한 수
가르쳐주고 가셨다.

2019. 2. 13

아들아 잘 가

세상일 바쁘다는 핑계로
자주 찾지 못한 고향 집
모처럼 찾아가니
늙으신 어머니 더욱 늙었고
몸집이 더욱 작아지셨다
그러나 모처럼 아들 만난 기쁨에
어머니 얼굴은 꽃송이
방글방글 웃으시는 달덩이
오래 당신 옆에 있지도 못하고
또다시 고향 집 떠나올 때
마루에서 내려 토방에서 내려
휠체어 타고
대문간 지나 바깥마당까지 나와서
아들을 바라보시는 어머니
아들이 어른 같고 어머니가 아이만 같아
마음 아프다
어머니 다음에 또 오겠습니다
아들의 인사말에 문득 아들아 잘 가

한 번도 들어보지 못한

어머니의 인사말

아들아 잘 가

그 인사말에 가슴이 무너져 내린다

네 어머니 다시 또 오겠습니다

어머니 뵈러 다시 오겠습니다

…… 이것이 영이별이라도 되는 것일까

어머니 말씀에 눈물이 솟아

무너지는 마음

네 어머니 네 어머니

다시 돌아오겠습니다

어머니 뵈러 다시 돌아오겠습니다.

2017. 10. 16

너무 늦게 슬픈 아들·1

너무 늦게 어머니를
잃었습니다
너무 늦게 슬픈 아들이
되었습니다

그래도 마음이 아픕니다
그래도 하늘이 허전합니다
땅이 쓸쓸합니다

이제는 허전한 하늘이 되신
어머니
쓸쓸한 땅이 되신
어머니

그 어머니 모시고
천천히, 부지런히
잘 살겠습니다
고마웠습니다.

2019. 2. 13

너무 늦게 슬픈 아들·2

누님!
이제는
정말로 이제는

누님이 어머니가
되어 주시어야
하겠습니다

저는,
어머니 없이는
살지 못하는
아들이랍니다.

2019. 2. 13

새벽시간

형님형님
새벽에만
일찍깨어
목이메는

형님한분
내게있어
그얼마나
다행인가

오늘이사
울어머니
다시땅이
되시는날

마음깊은
형님위로
천금보다
귀합니다.

2019. 2. 13

휠체어 빌려 타고
—어머니 삼우

어머니 마지막 며칠

비몽사몽 간 병상에서 하신 말씀

금매 가자 금매 가자

어떻게 억지 좀 해봐

억지로라도 휠체어 빌려 타고

금매복지원 마지막 몇 달 보내신 곳

따뜻하고 조용한 그 곳

데려가 달라는 소원 들어드리지 못해

미안합니다

많이 속상합니다

금매 가자 금매 가자

휠체어 빌려 타고 금매 가자

그러세요 어머니

이제는 휠체어 타지 말고

새색시 때 입었던 것처럼

유똥 치마저고리

깨끼 치마저고리 곱게 차려입고

옷고름 산들바람에 날리며 가세요

하늘나라 먼저 가서 기다려주세요.

2019. 2. 15

어리신 어머니

어머니 돌아가시면 가슴속에
또 다른 어머니가 태어납니다

상가에 와서 어떤 시인이
위로해주고 간 말이다

어머니, 어머니, 살아계실 때
잘해드리지 못해 죄송해요

부디 제 마음속에 다시 태어나
어리신 어머니로 자라주세요

저와 함께 웃고 얘기하고
먼 나라 여행도 다니고 그래 주세요,

2019. 2. 16

아침 자전거

모처럼 아침 일찍 얼어나
자전거 타고 찬바람 쐬니
어머니 생각 문득 난다

어머니 그 나라에서
평안하신지요?
어머니 그 나라에서는
아프지 마세요
다 내려놓고 편히 쉬세요
이 땅에 계셨을 때
더 잘해드리지 못한 일
마음 아파요

찬바람이 그리운 마음
데려왔다가
눈물과 울음까지 데리고 간다.

2019. 6. 19

심복心腹

고마워 형제
형과 아우
왜 그런가?

마음 아플 때
그 마음 알아주고
배고플 때
그 배 채워주는 게
형제 아닌가!

나 비록 그대
마음 아플 때
알아주지 못하고
그대 배고플 때
배고픈 배
채워주지 못했지만

오늘 나 아픈 마음

그대가 알아주니
그대 분명 아우일세
고마워 민망하게도
많이 고마워

앞으로 우리 오래
형과 아우 함세
서로가 심복이 됨세.

2019. 2. 14

이별의 날에

공주, 첫눈 내리는 날
새하얀 웃음으로 찾아온
오, 어느 나라 고우신 공주님이었나

우리 함께 웃으며 지낸 날 비록
길지 않았지만 서로가 좋아
서로가 선물 같았던 사람

세상의 일이란 언제나 부질없어
만날 때 약속 없이 만난 것처럼
헤어짐에 또한 기약은 없네

고우신 사람, 선물 같았던 사람이여
여기서도 좋았으니 가는 곳
부디 거기서도 좋기만을 비노라

세월 가면 저도 모르게 잊혀지리
그렇지만 잊더라도 좋았던 날들
돌아보며 천천히 잊기만을 비노라.

2017. 8. 8

사박걸음으로 가오리다

눈을 뜨고 바라보면
어디서나 부처님 모습
산도 들도 강물도 부처님 모습
아름다워라 찬란하여라
꽃 피고 새잎 나는
한 그루 나무와 풀잎 속에서도
부처님 고우신 미소
바람 되어 가오리다
구름 되어 가오리다
때에 절은 옷을 벗고
육신을 벗고
눈부신 부처님 나라
눈부신 부처님 나라
사박사박 사박걸음으로
내가 지금 가오리다

귀를 열고 들어보면
어느 때나 부처님 음성

언제나 어디서나 부처님 음성

자비로워라 고마우셔라

지저귀는 새소리

물소리 가랑잎 하나

떨리는 소리에도 따뜻한 음성

바람 되어 가오리다

구름 되어 가오리다

때에 절은 옷을 벗고

육신을 벗고

눈부신 부처님 나라

눈부신 부처님 나라

사박사박 사박걸음으로

내가 지금 가오리다.

(구작)

무용가에게

선이야 나는 네가 그냥
여인네일 때가 더 좋아

무대에 올라 춤을 추거나
학생들 앞의 교수님이기보다는

그냥 순하고도 편안한
아낙네인 선이가 더 좋아

말없음으로 말을 전하고
눈빛으로 마음을 전하는 아낙

곁에 함께 있음만으로도
가슴 따스해지는 아낙

그런 한 사람 세상에 있다는 건
얼마나 고맙고 복된 일이겠니!

2018. 10. 28

세상의 등불

일찍부터 어두운 세상이었지요
내내 어지러운 세상이었지요
그렇지만 어딘가에 어두운 세상
어지러운 세상을 지켜보는 사람이 있고
그 세상을 밝히는 등불을
들고 있는 한 사람이 있다면
세상은 아주는 어두운 세상
어지러운 세상 아니지요

오직 겸손과 부드러움으로
측은지심 하나로
세상을 밝히고 세상을 달래면서
살아오신 판사님 한 분
이 땅에 계시어 얼마나 다행스럽고
얼마나 고맙고 감사한 일인지요

이제는 힘든 자리를 벗고
무거운 법복을 벗고 자리를 떠나시는 분

오래오래 당신의 모습이 그리울 것입니다
오래오래 당신의 겸손과 부드러움과
당신의 키만큼이나 헌칠한 말씀이
그리울 것입니다

그러나 두고 가는 자리와 일들
그다지 걱정스럽지 않다는 것을 당신도 이미 아시겠지요
뒤에 남은 분들 젊은 분들
당신이 보이신 모범을 따라 분명히 잘할 것입니다
그들 또한 당신이 그러했듯
어두운 세상의 등불이 되고
어지러운 세상의 길잡이 되어
느리지만 천천히 바른길로 좋은 길로
그렇게 그렇게 잘 나아갈 것입니다

부탁드리노니 다만 당신
내내 강건하시고 편안하시어
세상에서 당신이 꿈꾸고 바랐던 세상

부디 만나시기 바랍니다

무슨 일을 하든지 당신을 아는 사람들

두루 당신을 응원하고 당신을 믿고 따를 것입니다

그렇다면 그것이 진정 그렇다면 우리는

이제 당신을 그렇게 많이

그리워하지 않아도 좋을 것입니다

왜냐 하면 당신이 숨 쉬고 꿈꾸고 일하며

살아가는 그 부근 어디쯤 우리 또한

열심히 함께 일하고 함께 그렇게

잘 살아갈 것이기 때문입니다.

2019. 1. 26

움직이며 쓰는 시

시는 삶의 반영이다. 더 나아가 시대의 반영이기도 하다. 어떤 시작품도 시인의 삶이나 시대적 경험을 뛰어넘지 못한다. 그런 점에는 시는 시대의 증언이며 개인적으로 하나의 자서전이라고 할 수 있겠다. 상상력이라 해도 그것은 충분히 경험에 바탕을 둔 것이어야만 한다.

전통적으로 우리의 서정시는 정태적이면서 자성적인 요소를 강조해 왔다. 그것은 오랫동안 우리의 삶이 그러했고 시대상이 그러해서 그랬을 것이다. 특히 우리 민족은 일관되게 농경민으로 살아왔으며 유교를 신봉하면서 살아서 그러할 것이다.

그것은 나의 시를 두고서도 마찬가지다. 지금까지 나의 시는 매우 정태적이고 고요하며 반성적인 세계를 다루어 왔다. 시를 쓰더라도 방안에서 조용히 앉아서 쓰는 시였다. 비록 능동적인 삶을 반영하더라도 삶의 행위가 멈춘

뒤에 반추하면서 쓰는 것이었다.

돌이켜 보면 그것은 중국의 당시 이후 모든 서정시의 운명과도 같은 것이었다. 서정시의 모범 자체가 언어로 그린 그림이었고 정지된 상태를 표현하는 것이었다. 우리나라 신문학사에서 명작이라고 꼽히는 시들을 보더라도 대부분의 시들이 동작이 그치고 삶이 멈추어진 상태에서 나온 것들이다.

하지만 이제는 인간의 삶의 패턴이 달라졌다. 한 자리에 고착되어 사는 삶이 아니고 움직이며 사는 삶이다. 나아가 떠돌면서 사는 삶이다. 비록 농경에 종사하는 사람일지라도 예전처럼 한사코 고요하게 멈추어서 살 수만은 없는 세상이 되었다.

여기에서 시인들의 시에 대한 접근도 달라져야 한다고 본다. 정태적인 시에서 동태적인 시로 나아가야 한다. 어쩌면 이것은 당연한 귀결인지 모른다. 그러니까 한 자리에 고요히 앉아서 시를 쓰는 것이 아니라 움직이면서 시를 쓰자는 말이다.

아닌 게 아니라 요즘 나는 움직이면서 시를 쓴다. 자전거를 타고 가거나 길을 걸어가다가 잠시 멈춰서 시를 쓴다. 급하면 핸드폰에 시의 문장을 써넣기도 한다. 누군가가 생각나면 그 사람에게 시를 써서 보내기도 한다. 일테면 시로 쓰는 문자 메시지인 셈이다.

더러는 자동차나 기차를 타고 가다가도 쓴다. 이 또한 움직이면서 쓰는 시이다. 그러므로 시가 조금쯤은 허술하고 완성도가 떨어질 수도 있겠다. 하지만 나의 독자들은 그러한 시들을 즐겨 선택해준다. 오히려 그 허술한 시의 행간으로 독자들이 들어오기도 한다. 자발적인 참여다.

어쨌든 움직이면서 쓰는 시. 동태적인 시. 시인이 야외에서 움직이면서 시를 쓰면 고요히 방안에 앉아서 시를 쓸 때보다 좋은 점이 많이 생긴다. 우선은 시의 문장에 활력이 붙는다. 내용 또한 싱싱함이 생긴다. 이 또한 당연한 귀결인지 모른다.

일단 시인이 움직이면서 시를 쓴다고 해보자. 길을 걷든지 자전거를 타고 가든지 또 자동차를 타고 가든지 그러할 때를 상정해보자. 자연스럽게 바깥세상이 시인의 내부로 다가올 것이다. 자연과 인간과 세상 자체가 들어올 것이다.

온갖 모습이 보인다. 온갖 소리가 들린다. 이러한 외부적 자극과 정보들은 시인에게 대화를 청할 것이다. 상호작용이다. 고요한 시인의 내면에 파문이 인다. 시인의 내면과 세상과의 교호작용이 일어난다. 그것은 매우 새롭고도 활기찬 것이 된다.

거기서 일단의 언어적 반응이 생긴다. 시인은 자연스럽게 그것들을 받들어서 구체적인 시의 형태로 고정시킨다.

더 좋은 방법은 입으로 중얼거리면서 시의 꼴을 형성해보는 방법이다. 자연스럽게 구어 중심의 부드럽고 순한 시가 쓰여질 것이다.

이렇게 시를 쓰면 시의 언어들이 지극히 자연스러워진다. 언어와 언어 사이에 충분한 공간이 열리고 더불어 상생력이 생긴다. 사물 그 자체의 움직임이 느껴진다. 숨소리가 들린다. 더욱 생동감 있는 시가 허락될 것이다. 그렇게 되면 시의 품이 더욱 넓어지게 된다.

나는 깐보이는 사람
아이들한테까지
깐보이는 사람

교회식당에서
국수 먹고 나오는데
앞니 빠진 일곱 살짜리
남자아이가 말을 건다
할아버지, 국수 맛있었어?
그래 나도 국수 맛있었단다

오늘 나는 아이들한테까지
깐보이는 사람으로 살아서

행복하다.

― 「교회식당」 전문

위의 시 역시 움직이면서 쓴 작품이다. 좀 더 구체적으로 밝히면 교회에서 예배를 마치고 식당에서 국수를 먹고 나오면서 쓴 시이다. 내가 하도 허술하게 보였던지 초등학교 저학년쯤으로 보이는 아이가 나에게 말을 걸어왔던 것인데 그것을 그대로 시로 바꾸어 써 본 것이다.

그냥 그대로 살아있음의 감사와 행복감을 시로 적은 작품이다. 어찌 이런 작품에 가식이 끼어들 수 있겠으며 요란하고 멋들어진 시적인 수사가 무슨 필요가 있겠는가. 다만 살아있는 두 생명의 즐거운 교호작용이 있을 뿐이다. 앞으로도 나는 당분간 이러한 시 쓰기의 방법을 계속해볼 생각이다.

나태주

1945년 충남 서천 출생. 시초초등학교, 서천중학교, 1963년 공주
사범학교 졸업. 1964년부터 2007년 까지 43년간 초등학교 교단생활.
정년퇴임 시 황조근정훈장 수훈. 1971년『서울신문』 신춘문에 등단.
첫 시집『대숲 아래서』 출간 후『너에게도 안녕이』까지 44권의 창작
시집 출간. 산문집『시골 사람 시골 선생님』,『풀꽃과 놀다』,『사랑은
언제나 서툴다』,『날마다 이 세상 첫날처럼』,『꿈꾸는 시인』,『죽기 전
에 시 한 편 쓰고 싶다』,『좋다고 하니까 나도 좋다』 등 출간. 흙의문
학상, 충남도문화상, 현대불교문학상, 박용래문학상, 시와시학상, 편
운문학상, 한국시인협회상, 고운문화상, 정지용문학상, 공초문학상,
유심작품상, 난고문학상, 소월시문학대상 등의 문학상 수상. 현재 풀
꽃문학관(공주)을 설립 및 운영. 풀꽃문학상, 해외풀꽃시인상, 공주문
학상 등을 제정 및 시상.

서정시학 시인선 168
어리신 어머니

2020년 03월 31일 초판 1쇄 발행

지 은 이 · 나태주
펴 낸 이 · 최단아
펴 낸 곳 · 도서출판 서정시학
인 쇄 소 · ㈜ 상지사
주   소 · 서울시 서초구 서초중앙로 18, 504호 (서초쌍용플래티넘)
전   화 · 02-928-7016
팩   스 · 02-922-7017
이 메 일 · lyricpoetics@gmail.com
출판등록 · 209-91-66271

ISBN 979-11-88903-42-9 03810
계좌번호: 국민 070101-04-072847   최단아(서정시학)

값 12,000원

* 잘못된 책은 바꾸어 드립니다.

　이 도서의 국립중앙도서관 출판예정도서목록(CIP)은 서지정보유
통지원시스템 홈페이지(http://seoji.nl.go.kr)와 국가자료공동목록시스
템(http://www.nl.go.kr/kolisnet)에서 이용하실 수 있습니다.(CIP제어
번호: CIP20200005128)

서정시학 시인선 목록